W9-ATT-495

W9-ATT-495

# La gallinita
## en la ciudad

# The Little Hen
## in the City

## Jorge Argueta

Ilustrado por / Illustrated by

**Mima Castro**

ALFAGUARA

Voy a contarles lo que me sucedió un día, no hace mucho, por la mañanita.

Abrí los ojos temprano, como de costumbre, pero me quedé acostada, ya que prefiero la dulce y suave nube de mi cama, donde mi cuerpo se hunde en sueños deliciosos hechos de alas maravillosas y cantos y olas y montañas y colores y tantas, tantas cosas más…

De repente, escuché un sonido familiar que inundó mi corazón: Estaba lloviendo. Siempre que llueve, cuando el viento helado pasa por entre las ramas de los árboles y las hace bailar, recuerdo la lluvia de El Salvador y me parece escuchar las palabras que antes de salir de allá me dijera mi abuelito Rubén con su voz clarita, su pelo blanco y su panza redondita:

"Mi querida Natalia, cuando quieras que esté contigo, yo llegaré volando a visitarte."

I am going to tell you about something that happened to me one morning, not long ago.

I woke up early as usual, but decided to stay in bed for a little while because I love the feeling I get from my soft, cloud-like bed. My body sinks in it and I have sweet dreams full of fancy wings, songs, ocean waves, mountains, colors, and lots of other things.

Suddenly, I heard a familiar sound that made my heart overflow with joy. It was raining. Every time it rains, and the icy wind makes the tree branches sway, I remember the rain in El Salvador and my grandpa Rubén, with his white hair and big belly. And I can almost hear the words he said to me before we moved away:

"My dear Natalia, whenever you want to see me, I'll fly over to visit you."

En ese momento sentí un ruido extraño que venía de afuera. Me paré y, al abrir la ventana, vi pasar volando una gallinita gordita con parches negros y blancos por todo su cuerpo; pobrecita, se veía cansada, como con ganas de no querer volar más.

Salí corriendo a contarle a mi mami:

—¡Mami, mami, vi una gallina guinea! —grité emocionada, recordando el nombre con que se conocen esas gallinas en El Salvador.

Mi mami se sonrió y dijo:

—Esas gallinas cuidan las casas —y siguió soplando su chocolate.

Then, I heard a strange noise outside. I jumped out of bed, and when I opened the window, I saw a plump, black and white speckled hen fly by. The poor thing looked like it was tired and did not want to fly anymore.

I immediately ran into the kitchen to tell my mom.

"Mom, Mom, I saw a guinea hen!" I shouted excitedly. That's what those hens are called in El Salvador.

My mother smiled. "Those hens watch over houses," she said, as she blew on her hot cocoa to cool it.

Me llenó de tristeza pensar a dónde iría tan cansada la gallinita que había pasado volando por mi ventana y me había hecho sentir cosas tristes y bonitas en mi pecho. Le dije a mi mami que tenía que encontrar a la gallinita y ayudarla. ¡Era una emergencia! ¿Qué pasaría si no encontraba un buen lugar para cobijarse y se enfermaba de catarro?

Mi mami, después de abrigarme con capa y gorro rojo y botas de hule, me dio permiso para ir a buscarla. Entonces, volví a pensar en las palabras de mi abuelito Rubén:

"Mi querida Natalia, cuando quieras que esté contigo, yo llegaré volando a visitarte."

Esas palabras viejitas de mi abuelito escuché en el viento, como si las gotas de lluvia y el viento fueran su voz. Yo estaba segura de que la gallinita guinea era la forma que había encontrado mi abuelo para visitarme.

I wondered with sadness where that tired little hen could possibly go. That hen made me think of sad and beautiful things all at the same time. I told my mom that I had to find the hen and help her. This was an emergency! What would happen to her if she couldn't find a warm place to rest and caught a cold?

After putting on my red raincoat and hat, and my rubber boots, mom allowed me to go look for the little hen. As I searched, I thought of my grandpa's words again:

"My dear Natalia, whenever you want to see me, I'll fly over to visit you."

I heard his words in the wind, as if the raindrops and wind were his voice. I was sure that my grandfather had turned into a guinea hen and had come see me!

Bajo la lluvia silbaba el viento y yo también, llamando a la gallinita:

—Zzzzzzz, zzzzzzz...

Luego, comencé a llamarla como se llama a las gallinas cuando se les va a dar de comer:

—Rrrrrrr, gallinita, rrrrrrr, ¿dónde estás?

Y mi corazón también la llamaba:

—Gallina, gallinita, ¿dónde estás?

De pronto, la vi bajo un árbol que está detrás de una gasolinera, cerca de mi casa. Arrinconada, friolenta y cansada, con las alitas mojadas. Ahí estaba la gallinita, con su piquito de plata recostado contra la pared. Estaba jadeando, sus alitas llenas de parches blancos y negros estaban empapadas. El agua del cielo goteaba lentamente de sus plumas, como si lloraran.

As it rained, the wind whistled and so did I. I called out to the hen, "Tweet, tweet."

Then I started calling her the way people usually call chickens to feed them. "Here, chick, chick, chick. Where are you, little hen?"

My heart called out to her too, "Little hen! Little hen! Where are you?"

Suddenly, I spotted her under a tree behind a gas station near my house. She was huddled in a corner, cold and tired. Her silver beak was resting against a wall. She was shivering and panting, and her black and white speckled wings were soaked. Rainwater dripped slowly down her feathers and made them look as if they were crying.

—¡Pobre gallinita, tienes frío! —le dije. Y, al ver su moñito rojo, que parecía una llamita de fuego doblada hacia abajo, como si fuera a apagarse, me puse a llorar.

—No te apures, gallinita, te voy a ayudar —le dije, y volví corriendo a mi casa a llamar por teléfono a mi amigo Samuel.

"Como Samuel es alto, si la gallinita quiere salir volando, la puede alcanzar de un salto", pensé consolándome. "Además, entre los dos, la podemos acorralar y agarrar mejor."

Samuel no vive lejos de mi casa, así que vino casi enseguida. Con asombro y sonriendo me preguntó:

—¿Dónde está la gallina?

—Está allá abajo, cerca de la gasolinera —le dije, y nos fuimos corriendo.

"Poor little hen, you look cold!" I said.

Then I saw that the little red crest on top of her head was turned downwards, as if it were a little flame about to go out. I began to cry.

"Don't worry little hen, I am going to help you," I said, and I ran home to call my friend Samuel.

"Samuel is tall, so if the hen tries to fly away, he will be able to catch her with just one leap," I comforted myself. "Besides, between the two of us, we will be able to corner her."

Samuel does not live very far from my house, so he got there quickly. With a look of surprise on his face, and smiling, he asked, "Where is the hen?"

"She's over there, near the gas station," I answered, and we hurried off.

Las gotas de lluvia nos caían en la cabeza, en la cara y en la espalda. Cuando llegamos a la gasolinera, le señalé a Samuel dónde estaba la gallinita. La pobre, estaba en la misma posición de antes.

—¡Ah! —dijo Samuel, mientras apartaba su largo pelo negro que, con el viento, le tapaba los ojos—. Ándate por allá —señaló hacia la izquierda—. Cuando la gallina corra para tu lado, la arreas para donde yo estoy. Aquí la voy a estar esperando para agarrarla.

The rain was falling on our heads and faces, and down our backs. When we arrived at the gas station, I pointed to the hen. The poor thing had not moved an inch.

Samuel brushed his windblown hair away from his eyes. "Ah! Go that way," he said, pointing left. "When the hen runs toward you, shoo her over my way. I will be waiting here to grab her."

El plan de Samuel era muy bueno para nosotros, pero no para la gallinita, que pareció haberlo escuchado y entendido todo; porque, cuando me le acerqué caminando despacito y agachada para sorprenderla por la espalda, la gallinita se dio vuelta rápidamente, lista para huir.

—No vayas a correr —le dije a la gallinita. Pero antes de que pudiera terminar la frase, dio la vuelta y salió corriendo para el lado donde estaba Samuel.

Al darse cuenta de que mi amigo la estaba esperando para capturarla, la gallinita dio un salto y pasó volando sobre los brazos levantados de Samuel y fue a parar detrás de él. Samuel y yo terminamos frente a frente, empapados y riéndonos de la audacia de la gallinita.

We both thought it was a good plan, but the little hen did not seem to agree. As I crouched down and started slowly toward her from behind, the little hen turned around quickly. She looked as if she were ready to run off.

"Don't run away," I said to her. But before I could finish what I was saying, she turned around again and ran toward Samuel.

She seemed to figure out that Samuel was waiting to catch her, so she took a flying leap over Samuel's outstretched arms and landed behind him. Samuel and I ended up face-to-face, soaking wet, and laughing at our surprise over the little hen's bravery.

La correteamos un buen rato por todos lados, pero la gallinita era más veloz que nosotros. La gente de los automóviles que pasaban se nos quedaba mirando. Algunos paraban para ayudarnos a tratar de capturarla. Pero, después de un rato, al ver que era imposible, se reían, y, mojados y friolentos de andar correteando en círculos bajo la lluvia detrás de una gallina guinea, se metían en sus automóviles y se iban.

Cuando por fin nos convencimos de que no íbamos a poder agarrarla y dejamos de correr, Samuel y yo estábamos jadeando como la gallinita. Ella, al no sentirse ya perseguida, volvió a refugiarse en el mismo lugar, sosteniendo su cuerpecito contra la pared, bajo el árbol, para no mojarse más.

We chased the little hen for a long time, but she was much faster than us. People in passing cars stared at us. Some stopped and tried to help us grab her. But after a while, realizing that it was hopeless, they laughed and got back into their cars and drove off, wet and cold.

By the time Samuel and I finally realized we would not be able to catch the little hen and stopped running, we were panting as much as the bird. When she saw that we weren't chasing her anymore, the little hen went back to her spot and leaned up against the wall by the tree.

Samuel y yo salimos corriendo hacia mi casa y llamamos a la sociedad protectora de animales. La persona que contestó me dijo que no podían hacer nada por el momento, porque la ambulancia que tenían para esos casos, estaba ocupada atendiendo otras emergencias de animales.

Entonces llamé al zoológico, pero tampoco tuve suerte: la línea estaba ocupada.

Por fin, mi mamá, al ver nuestra angustia, decidió ayudarnos. Después de insistir en el teléfono por un largo rato, consiguió hablar con una persona del zoológico, quien le aseguró que pasarían ese mismo día a rescatar a la gallinita.

Samuel and I ran to my house to call the Humane Society. The person we spoke to said there was nothing they could do at the moment. Their rescue car was busy attending to other animal emergencies.

So I called the zoo, but we had no luck there either. Their line was busy.

Mom saw how upset Samuel and I were, so she decided to help us. After a few tries, she finally got through to the zoo and spoke with someone who promised to come over and rescue the hen that very same day.

Por la tarde, al regresar de la escuela, me fui directo a la gasolinera a preguntar si se habían llevado a mi gallinita. El señor que atiende la gasolinera sonrió con picardía y me dijo, señalando el edificio de al lado:

—Los mecánicos de ese taller se enteraron de lo de la gallinita y decidieron capturarla ellos mismos, pues en su país esas gallinas se comen, y dicen que son deliciosas. Pero no te preocupes —agregó con otra sonrisa—, ahí te guardaron las plumas.

Me puse a llorar desconsoladamente, como si en mi corazón se hubiera muerto alguien muy querido.

When I came home from school that afternoon, I went straight to the gas station to ask if anyone from the zoo had come to rescue my little hen. The man who works at the gas station smiled mischievously, and pointing at the building next door, he said,

"The mechanics in that car shop heard about the guinea hen and decided to catch her. In their country, people eat those hens. They say they are delicious." His smile grew larger and he added, "But don't worry, they saved the feathers for you."

I burst into tears. I felt as if somebody very near and dear to me had died.

El señor de la gasolinera, al ver mi tristeza, también se entristeció y sus ojos negros se llenaron de lágrimas. Entonces me dijo:

—No, no, es mentira, vinieron los del zoológico y se la llevaron.

Luego, al ver que yo, de todos modos, no paraba de llorar, me dijo con dulzura:

—¡Qué gallinita más veloz y valiente! ¡Si hubieras visto cómo les costó capturarla! Parecían locos con las redes detrás de tu gallinita. ¡Se la llevaron, pero les costó trabajo! —concluyó.

"Se fue del todo mi abuelito Rubén", pensé desconsolada, sintiendo un gran nudo en la garganta.

Seeing my despair, the man became very sad, and tears began to flood his own black eyes.

"It's not true! I made that up," he said. "The people from the zoo came and took her."

I would not stop crying, so in a sweet voice he added, "What a quick and brave hen! You should have seen how hard it was for them to catch her! They were running around like mad, waving their nets in the air trying to get your little hen. They were finally able to take her away, but it wasn't easy!" he concluded.

"Grandpa Rubén is gone for good now," I thought sadly, with a lump in my throat.

Al llegar el fin de semana, mi mami, Samuel y yo fuimos al zoológico. Corrimos directamente hacia la jaula donde están las gallinas. Y, ¿qué creen...? Recostada en una esquina estaba mi gallinita. La reconocí porque estaba inclinada de la misma manera en que estaba inclinada contra la pared de la gasolinera aquel día.

La gallinita se veía un poco triste. Pero, al vernos, se puso de pie y pareció que sus ojitos nos hubieran reconocido, pues abrió sus alitas formando un corazón en el aire y, de un salto, llegó volando hasta donde estábamos parados.

La gallinita se puso a bailar moviendo sus alitas, y la llama de su cabecita también bailaba, levantándose hacia el cielo.

The following weekend, mom, Samuel and I went to the zoo. We ran straight to the cage where they keep the hens. And you know what? There was my little hen! She was in a corner of the cage. I recognized her because she was leaning the same way she had leaned up against the wall at the gas station.

At first, the little hen looked sad. But when she saw us, she straightened up as if she recognized us. She lifted her wings in a heart shape, and with one flying leap, she was right at our feet.

Then the little hen began to flap her wings and dance. The red flame on her head was dancing, too, as it rose up in the air.

Los tres nos abrazamos, y yo sentí que mi abuelito Rubén había vuelto a llegar volando a mi corazón. Luego abrimos nuestros brazos, como si fueran alas, y bailamos por un largo rato, como la gallinita.

Mom, Samuel and I hugged each other, and I felt as though grandpa Rubén had flown back into my heart. Then the three of us spread our arms out like wings and danced around for a long time, just like the little hen.

Fin

The End

*Para Lunita y Teresita, las gallinitas que viven en el gallinero de mi corazón*
*To Lunita and Teresita, the little hens that dwell in my heart's henhouse*

J.A.

Text copyright © 2006 by Jorge Tetl Argueta

English translation © 2006 by Santillana USA Publishing Company, Inc.

© This edition: 2006, Santillana USA Publishing Company, Inc.
2105 NW 86th Avenue
Miami, FL 33122
www.santillanausa.com

Managing Editor: Isabel Mendoza
Art Director: Mónica Candelas

*Alfaguara* is part of the **Santillana Group**, with offices in the following countries:

ARGENTINA, BOLIVIA, CHILE, COLOMBIA, COSTA RICA, DOMINICAN REPUBLIC, ECUADOR, EL SALVADOR, GUATEMALA, MEXICO, PANAMA, PARAGUAY, PERU, PUERTO RICO, SPAIN, UNITED STATES, URUGUAY, AND VENEZUELA.

ISBN: 1-59820-093-3

All rights reserved. No part of this book may be reproduced or transmitted in any form or by any means, electronic or mechanical, including photocopying, recording or by any information storage and retrieval system, without permission in writing from the publisher.

Printed in Colombia by D'Vinni Ltda.
12 11 10 09 08 07 06   1 2 3 4 5 6 7 8 9

**Library of Congress Cataloging-in-Publication Data**

Argueta, Jorge.
    La gallinita en la ciudad / Jorge Argueta; ilustrado por Mima Castro. The little hen in the city / Jorge Argueta; illustrated by Mima Castro.
        p. cm.
        Summary: Remembering her grandfather's promise to fly over from El Salvador to visit anytime she wants to see him, Natalia is determined to help the guinea hen she sees fly by her window in the city.
        ISBN 1-59820-093-3
        [1. Chickens—Fiction. 2. Animal rescue—Fiction. 3. Grandfathers—Fiction. 4. Spanish language materials—Bilingual.] I. Title: Little hen in the city. II. Castro, Mima, ill. III. Title.

        PZ73.A653 2006
        [E]—dc22                    2005029631

3 1491 00921 9324

**Niles**
**Public Library District**
SEP 2 5 2006

**Niles, Illinois 60714**